KB074937

김일우 제2시집

춤추는 나비

문예출판

시인의 말

안녕하세요? 김일우 입니다
2022년 새해에 영상으로 인사를 드립니다

매일 새벽마다
등산하면서 시상을 구상하고
싱그러운 자연과 벗하고 호흡을 함께하며

생활 속 담아 둔 슬픔, 즐거움 허무함
기울어진 노을을 바라보며
솔직담백하게 생활의 시를 한 편 한 편
습작해온 것이 80편이 넘어
제2 시집을 냅니다.

코로나19로 1년 반이 넘도록 시달리면서
모든 국민은 우울하고 답답하고 자유롭게 다니지 못하는 지금
미약하나마 저의 졸 시가 이 삭막한 세상을 순화시킬 기회가
되길 바랍니다

이번에 제2 시집을 발표하는데
시가 흐르는 서울 김기진 회장님이 음과 양으로
많은 도움을 주셨습니다. 감사드립니다
함께한 문인님들게도 감사를 드립니다.

특히 이번 제2 시집을 특별한 QR코드를 이용한 영상 시집으로
발표하기 위해 촬영 편집을 해주신 이춘종 선생님의 큰 노고에
감사를 드립니다.

2022년 새해에 서재에서 **김일우** 적음

머리말

사람은 스쳐보면 알 수가 없습니다. 김일우 시인님과 문단에서 처음 만난 것은 10년도 넘었지만 늘 낭송하는 모습만 보아오다가 차도 한잔하고 식사도 같이하면서 시집도 낸 시인이라는 것을 알게 되었고 이런저런 이야기 하다가 깜짝 놀랐습니다. 이분은 현대판 신사임당이라는 생각이 들었습니다. 자식 중 공인회계사 1명 행정고시 2명을 배출하셨고 사위는 행정고시 하였다고 합니다.

고시자 1명만 있어도 자식 농사 잘 지었다고 하는 데 네 명의 고시 자녀를 두었으니 얼마나 대단합니까? 이러한 김일우 시인이 제2 시집 춤추는 나비를 발행하면서 저에게 앞머리 말을 써 달라고 하여 부족하지만 쓰겠다고 한 것은 위의 언급한 것처럼 네 명의 고시 자를 길러내신 것은 김일우 시인의 심오한 교육이 있었기에 이루어진 것을 알려 드리고 그 업적을 이야기하고 싶었기 때문입니다. 사자 고시 자녀를 네 명 두었듯이 문단에서도 훌륭한 시를 쓰시어 우리 한글을 빛내고 우리글을 심오하고 의미 있게 발전시켜 주시길 바랍니다.

2021. 11. 25
詩歌흐르는서울 대표 **김기진** 시인

<차례>

1부 춤추는 나비

2부 돌 틈새 풀꽃

3부 행복한 미소

4부 내 안의 항아리

1부 춤추는 나비

춤추는 나비

어깨를 들썩거리며
나풀나풀 춤추는 나비

여기 앉아볼까?
저기 앉아볼까?

접시꽃에 앉아 입 맞추고
잠시 머물다 훨훨 사라지네

자유로이 떠돌아다니며
호박꽃에도 앉아 뽀뽀하고
장미꽃에도 앉아 어루만지고

이꽃 저꽃 살피고
눈 돌리고 기웃거리고

해는 저물어
갈 곳을 잃은 춤추는 나비

허둥지둥 헤매다 짝 잃고
빈털터리 된 바람둥이

2021. 07. 26

6개월 된 손자

잇몸이 간지러워
무엇이든 입으로 가져가고

침을 질질 흘리며
두 팔을 짚고 엉거주춤하고
여기저기 헤집고 다니네

순백의 미소에
송두리째 마음 빼앗겨 손짓과 발짓으로 놀아주고
잠투정 부릴 때는
초조한 마음으로 덥석 안아주며 허둥대고

무지개를 띄우는 고운 빛깔에 취해
꼬부라진 할미꽃
외로이 허탈 웃음 짓는다

과수원

매화꽃 애무하는 꿀벌의 날갯짓 소리 일곱 근

은은히 퍼뜨리는 복숭아 꽃향기 칠십 평

땅속 뿌리박은 고구마 줄기의 슬픈 미동 두 치 반

과수원집 기와지붕 두드리는 소낙비의 오랏줄 수많은 발

한 차례 멈췄다 다시 우는 새들의 소리 예순 되

꽃

인내와 역경을 딛고 일어선 표상
늠름한 기상과
열정으로 피고 지는

아
향긋한 내 사랑하는 꽃들이여!

네 향기와 빛깔에 취해
사시사철 살고 싶네

2016. 04. 04

나비

날개 짓 하며
꽃봉오리에 앉아 향기를 마시고

한가로이
풀잎에 앉아 쉬어가는 떠돌이

고운 날개 펄럭이며
이곳저곳 기웃거리고
따사로운 손길 뻗치고

네 모습에 무아 도취되어
가슴을 열고

그대는 잠시 머물다
떠나버린 바람둥이

2015. 06. 02

눈물

심산계곡
파도가 일어

호젓이 내려오는
맑고 투명함

먹구름이 끼어 해가 보이지 않고
바윗돌이 가슴에 눌러 숨 헐떡이고
감정이 북받쳐 자신이 주체하지 못할 때
뺑 하고 내려가게 하는

양 볼을 타고 흐르는 영롱한 보석

2015. 05. 25

도시인

밤새 목이 부어 병원에 도착하니
웬 환자들이 이리 많은지
빈틈없이 가득 찬 의자들
흐리고 빛을 잃은 눈망울

공해 속에 생활하는 도시인들
허약한 육체와 찌든 정신

편안함 속에 돌아온 것은 각종의 병마

한 줌의 흙이 되기까지 가련한 인간

머리카락 쓸어 올리며 핏기없는
면상으로 허공을 향해 동동거린다

비상飛上

침묵 떨쳐버리고
희망의 깃대를 들고
의기양양한 발걸음

구름 속에 스며드는 한 줌의 고요
숲을 지나 계곡을 거쳐
우뚝 솟은 봉우리

암초 비껴가며
역경 이기고
멋진 날개 펼치며 훨훨 날아가는
수천 마리의 철새 떼들

2015. 04. 26

비전의 탄생

험난한 고난 속의 가시밭길
눈 덮인 낙엽들의 비밀

뼈마디까지 베여 있는 고통 속에
누구도 걸어가지 않는 하얀 길

많은 사람들이 함께 걸으며
의지. 투지 고뇌 깊은 상념으로 모아진 의견들
눈송이 굴리듯 굴려

반짝이는 눈빛과 뭇사람의 가슴에서 잉태한 새 아가
드디어 거대한 신비의 비전으로 탄생되네

새벽 운동

먼동이 트기 전
부스럭거리는 새들 친구 삼아 걷노라면
야트막한 산자락에 이르고

이산 저산 뻐꾸기 울음소리
졸 졸졸 약수 물소리
스님의 불경 소리 고요 속에 울려 퍼지고

험난한 산길 오르며
인생사 함께 실어 웃기도 눈가에 이슬이 맺히기도 하네

흠뻑 젖은 땀 훔치며 미래의 꿈을 키우고
나만의 세계를 돌아볼 수 있는 소중한 새벽 운동

석양을 바라보며

지는 해는 저리 고운데
이내 마음은 왜 이리도 허전한고

흔들리는 나뭇잎은 저리 푸르고 싱싱한데

거울 속에 비치는 내 모습은 이리도
까칠하고 쭈글쭈글할까

흰 머리카락 쑥쑥 자라 정수리에 하얀 서리 내리고
골패인 입가엔 팔자주름

빈 껍데기 홀로 앉아 카오스에
빠져 있네

막바지 인생길
잔치 끝 한꺼번에
피곤이 밀려오네

손자

춘삼월
입가에 보조개를 달고
머리카락은 하늘로 치솟고
예정일보다 보름 먼저 태어난 손자

손녀만 있는 집안에 귀하게 태어나
우는 것도 귀엽고 방귀 소리도 신기한
황금보다 소중한 아가

작은 고추가 대롱대롱 매달려
신기하고 귀엽지만
울고 보챌 때는
나 역시 허둥대며 어쩔 줄 몰라 하고

어느새
휴 하고 길게 숨을 몰아쉬게 하는 아가

건강하게 무럭무럭 자라서
늘 푸른 소나무 모양 늠름한 기상을 지니고
세상의 빛이 되어라

2015. 06. 03

연인

해가 갈수록 생각나는 그리운 사람

눈이 펑펑 쏟아지는 날은 함께

눈길을 걸으며 다정하게

속삭일 수 있는 그런 사람

거동이 불편할 때 함께 할 수 있는 사람

어둠을 뚫고 밝은 햇살을 향해 힘찬

발걸음으로 미래를 맡길 수 있는

그런 사람 만나고 싶다

첫돌 지난 손자

우리집안의 보배
구중궁궐에서 내려온 왕자
뒤뚱거리며 걸음마를 배우는 귀여운 오리새끼

엄마 물 겨우 말문을 트고
바깥만 돌아다니자고 떼를 쓸 때는
나 자신도 지쳐 허둥대지만

아가의 눈망울 쳐다보면
지치고 짜증난 일 순간에 떨쳐버리고

우리집안의 행복천사
이연성

2016. 07. 24

치아

내 몸을 지탱해주는 귀한 분
정기 검사도 해주고
정성껏 닦아주고

때론 혹사하면
앙탈 부리며 성질내어 힘들게도 하고

그럴 땐 두 손 두 발 들고 살살 달래주고
어루만져준다

평생 동고동락하며 나를 보필하는 종복
오복 중의 오복인 치아
세파에 시달려 몇 분 빠져나가고

아직도 스물네 분 남아
내 식사를 챙겨주는 귀한 분

한 해를 돌아보며

꽃잎 되어 날아가 버린 많은 사연
튼실한 열매 매달지 못하고
저벅저벅 한 해가 저물어간다

바람 부는 들판에서 홀로 견디며
운명 속에 생을 맡긴 채
물거품 된 소망 다독이고 삼 독을 다스리고

정갈한 육신
맑은 눈빛으로
은은한 청포도 향기

허허한 마음속에
한 줄기 희망의 싹이 돋아날 힘찬 새해를 기다린다

2015. 12. 17
삼 독(욕심. 성남. 어리석음)

회상

눈을 감고 지나간 날을 회상해본다
그토록 장엄하고 화려한 서막도
서서히 막을 내리고

장엄한 물결이 가슴 한 곁에 자리 잡고
나를 움켜쥔다

숨이 막히도록
가슴이 터지도록

자욱한 안개 속에
떠오르는 해맑은 얼굴

아물지 않은 상처의 편린들
한 자락 스쳐 간 비바람 속
끝내 마른 고개 넘지 못하고

울적한 마음 다스리고
양 볼을 타고 흐르는 눈물
꽃잎 되어 훨훨 나르네

후회

따스한 봄날
한껏 멋을 부리고 여유로운 자태로
거리를 활보하는 청춘 남녀들

젊음이 최고야
나 역시 저럴 때가 있었지
좋은 시절인지도 모른 체
세월만 낚고

이제는 인생의 끝자락에서 철없었던
그때를 봄바람에 날려버리고

보드레한 에메랄드빛 얇게 흐르는
실비단 하늘을 바라본다

2부 돌 틈새 풀꽃

돌 틈새 풀꽃

호젓한 길섶
척박한 돌 틈새 비집고 피어난 풀꽃
맘껏 기지개도 못 켜고
겨우 몸 지탱하고 나풀거리네

연약한 잎사귀 매달고
꽃을 피우고

작고 볼품없어도
힘들고 힘든 고난 견디고
꿋꿋하게 자라 한들한들

지나가는 길손
신기한 모습에 화들짝 놀라
사랑스런 눈빛으로 어루만지네

2016. 07. 04

겨울 새벽 등산

동이 트기 전
눈만 빼꼼히 내밀고
칭칭 동여매고 등산길에 오른다.

희미한 가로등을 지나
비탈진 계단을 더듬거리며
한 발 한 발 조심스레 오르고

바스락거리는 소리만 들어도
깜짝 놀라 신경 곤두세운다.

운동기구가 즐비한 곳에 이르면
땡그랑거리는 소리

제각기 건강을 위해 열심히
운동을 하며 하루를 연다.

인내와 용기 슬기를 담은 겨울 새벽 등산
햇살 품은 고운 빛깔 되어
내 몸 지키리

2016. 11. 12

나 홀로 천상에 오르니

마음 한 자락 남겨두고 높고 높은 별나라에 이르니
꽃과 나비들이 나를 에워싸고

푸른 바다와 숲
파아란 하늘이 눈 앞에 펼쳐지고
황금의 꽃들도 펄럭이고
더할 나위 없이 화려하고 편합니다

외롭고 쓸쓸하게 지낼 님
생각만 해도 가슴이 아려옵니다

날아가 버린 풍선 그리워하지 말고
애태우지 마시기를

고운 님 맞을 날을 위하여 꽃방석 만들어 기다리고 있을게요

내 몫까지 풍요를 즐기다 지치면
천상의 날개를 펼치기를

2018. 12. 05

메주

못생긴 얼굴이라 거들떠보지도 않고
향기롭지 않은 체취
사랑받지도 못하고
시골구석에서 구질구질하게 매달려 다시 태어나기 기다리고

주인은 나를 정성껏 다듬고 다듬어
신주 모시듯 애지중지 보살핀다

날씨가 흐리거나 영하의 날에는
발을 동동 구르며 애태우기도 하고

천신만고 끝에 질항아리에 들어가 이리저리 헤엄치며
성숙한 모습을 갖추고 다시 생을 완성으로 향하고

함박웃음을 짓는 주인마님
밥상 위에 올라온 나
온 식구들이 칭찬하며 반긴다

봄 햇살

겨우내 움츠린 몸
너를 보는 순간
마음속 구름이 걷히고
발걸음도 사뿐사뿐

고운 씨를 뿌리고 싹을 틔워
올곧고 반듯하고 늠름하게 자라게 하고

새들도 따스한 나뭇가지에 앉아
지지배배 노래 부르고

삶의 희망과 용기를 주고
고요히 고운 길 위에 쏟아진 봄 햇살

포근한 너의 품속에서 오래 잠들고 싶다

2018. 05. 14

산다는 것

그대 가는 길에 꽃길만 있고
가시덤불이 없다면
인생의 고달픔을 알 수 있으랴

그대 가는 길에 고달픔만 있고
장미 넝쿨이 없다면
인생의 참맛을 알 수 있으랴

우리 모두 비바람 폭풍 폭설 이겨내고
우뚝 섰을 때
함박웃음 꽃피우고
인생 최고의 보람을 느낄 수 있으리라

2018. 09. 08

새벽의 눈 덮인 산

엄동설한
들새들 발자국도 보이지 않는 이른 새벽
발 도장 찍으며 한 발 한 발 내딛는다

푹 뒤집어쓴 모자챙에도 눈꽃이 피고
나뭇가지엔 하얀 너울 쓰고
산야를 덮은 눈이 맑고 고와

때 묻히고 더럽혀지고 상처 입은 마음
어느새 꽃잎 되어 날아가 버리고

새해 벽두부터 새 출발 위해 내린 눈
모든 허물 덮어버리고

반짝이는 고운 마음 되새김하고
콧노래 부르며 노년을 태우리라

2017. 01. 30

세월이 약

못 견딜 것 같고
죽을 것만 같아도
시간이 많이 흘러가면

사랑이 머물다간 자리
햇빛, 바람과 어울려
파릇파릇 새싹이 돋고
어여쁜 꽃이 피고
열매가 달리고

순간순간 쌓인 정은 새 세상을 맞아
생기가 넘치고

멀어져 간 그리움은
푸른 하늘로 달린다

2018. 12. 15

손톱

유심히 들여다본
호박씨만 한 손톱

수십 년 함께한 내 분신
오늘따라 유달리 까칠해 보이네

다듬어 단장시키니 깔끔하고 해맑아지네

한가한 주인 만나면
빨강 노랑 파랑 오색찬란하게 치장시키고
나들이하며 자랑스럽게 네 모습 보이고
애지 중지하네

일이 많은 주인 만나면
마늘 껍질도 벗기고
온몸이 가려우면 빡빡 긁어주기도 하고
쉴새 없이 바쁘네

그것도 네 팔자이니라

손톱이여
나름대로 쓸모가 있으니
보람되지 않느냐

순애보

내가
꽃이라면
그대가 푸른 잎으로
나를 감싸주고

내가
바스락거리는 낙엽이 되면
그대는 잔잔하고 푹신한 흙이 되어
가냘픈 나를 지탱해주오

2018. 09. 18

순천 갈대밭

갯벌에 몸을 지탱하고 무리 지어
흰 머리칼 풀어 제치고
고개 숙여 침묵하는 그대들이여

젊은 날의 매끈하고 싱싱한 몸은
긴긴 세월 속에 묻혀버리고

버석거리는 자태와
한 줌의 무게로 살벌한 세상 이겨나가는 모진 삶

어지러운 정세와 권력이 판을 쳐도
흔들림 없이 다소곳함 지니고

호호백발 할미 되어도 곧은 성품
굳건한 의지는 젊은이의 모범이 되리

2016. 12. 10

신비의 꿈

기억의 한 장면
어렴풋한 모습으로 나는 끌어안는다.

그때
잔잔한 물결 위로
오색찬란한 물고기들이
꼬리를 흔들며 애교를 떤다.

한순간
굳게 잠긴 문
하늘의 빗장이 풀려 열리고
볼이 달아오르고 불꽃이 튄다.

소용돌이치는 밤
스산한 바람
구멍 뚫린 어둠

별들과 함께 동행할 때
내 가슴
향긋한 꿈속에서
시원한 한줄기 소나비에
서서히 부서지고 있었다

2017. 08. 14

오빠의 팔순

어린 시절
유난히 개구쟁이였고 영리하고 잘생긴 오빠
함께 연못에서 잠자리 잡고 뛰어놀던
그때가 지금도 기억이 생생합니다

대학 시절
민주화의 꽃을 피우기 위해 투쟁하였고
옥중생활로 부모님의 애를 태우시게 했던 오빠

지금은
강인한 육체가 아니라
늠름한 의지 풍부한 상상력 불타는
정열 삶의 깊은 곳에서 솟아나는 신선함을 지니고
겁 없는 용기 안이함을 뿌리치는 모험심을 지니고
곱게 물든 단풍나무

우뚝 솟은 여덟 줄기
땅 밑에서 솟아올라
민주평화노인회장
그 이름 김승균 길이길이 빛나리

외출

켜켜이 쌓인 사연 안고
콧바람 쐬러 모임에 나선다

똑똑 하이힐 굽 소리 뒤로하고
차에 오르니 지하철은 만원
사람 사이 비집고 들어가 서 있는 것도 다행

생존경쟁에 시달린 젊은이들
팔순이 넘은 노인들이 이리저리 비틀거리며 서 있어도
스마트폰만 내려다본다.

경로사상 뒤로하고 만능 보신주의자가 그득

바깥의 움직임은 생의 활력
돌아가는 세상살이 곱씹으며
나약한 2세를 만든 어른들

견문도 넓히고
잘못 가르친 구세대의 반성

2016. 08. 22

자매들 나들이

유난히 포근하고 화창한 날씨
차창 밖으로 보이는 이곳저곳의 풍경들
고속도로를 달리면서 얘기꽃 피우며 웃음이 넘친다

충주 장호원 비내섬
강변을 끼고 갈대가 어우러진 곳
청둥오리 떼가 푸드덕거리고
맑고 고운 물은 우리 네 자매를 멋지게 맞이했다

갈대숲을 걸으며 추억의 사진도 담고
오순도순 우애를 다지고

능암 온천에서 목욕을 하고
맛있는 청국장과 갈비찜으로 저녁을 먹고
아쉬워하며 상경했다

작년에 언니를 하늘나라로 보낸 네 자매
그리움을 아련한 기억 속에 묻어버리고

2017. 01. 07

초가을

찌르르 귀뚜라미 귓전을 울리고
하얀 새털구름, 드높은 창공
파 아란 하늘 눈이 부시네

도토리 여기저기 굴러다니고
풋밤송이 대롱대롱

소슬 바람결에 들려오는
여인들의 수다소리
가을 향기가 그득하네

창문을 활짝 열어
가을 내음 가두어
두고두고 음미하고 싶다

2018. 09. 15

황혼

황금빛 노을이 유난히 밝고 고와 눈이 부시네.
그대는 잘 모르네
가장 값진 것이 인생의 끝자락이라는 것을

피곤에 지친 청춘을 지나
천둥 치고 벼락 치는 세월을 견디어내고

한가로이 생을 관조하며
사색을 즐길 수 있는 황혼

먼 길을 떠나기 전
인생 최고의 멋진 삶을 살아
금빛 하늘 수 놓고
평온이 찾아오는 그 길

후세의 등불

황금처럼 찬란하고
금빛처럼 황홀하게
찬란한 빛으로 상수를 맞으셨네

2016. 12. 26

백두산 천지

기암절벽을 울타리 삼고
호젓이 자리잡은 천지

적막이 똬리를 틀고
고독을 즐기는 그대

하루에도 몇 번씩 변하는 기후 속에
고고한 자태
티없이 맑고 투명한 네 모습

세월의 저편
기억 갈피 사이사이 묻어두고
허약한 삶의 여백에
찬란한 빛이 되리라

비비추(꽃)

폭염 속
땀방울 머금고 고요히 길손 반겨주는 비비추

줄기에 나란히 매달려 다소곳이 피어있는 네 모습
오뉴월 땡볕에 지쳐 고개를 들지 못하고

서로 의지하며 역경을 딛고 일어선
착하고 강인한 비비추

2016. 08. 04

3부 행복한 미소

행복한 미소

오곡이 무르익는 화창한 가을
따사로운 햇살이 거실에 머무는 날

아가에게 젖을 물리고 있는 엄마
눈 마주치며 손가락을 만지작거리네

수정보다 맑고 고운 눈빛으로
젖 먹다 엄마 쳐다보며 미소 짓고 옹알옹알

양껏 먹고
새록새록 잠들고

평온 속
 잠든 아가 쳐다보면

어느새 맑은 샘물이 솟아
꽃송어리 매달고
보드레한 에메랄드빛 얇게 흐르네

어느 날

무심히 걷다가 들여다본 등산화
색이 바래지고 너덜너덜
유행이 지나가도 한 참 지나간 나의 분신

비가 오나 눈이 오나
새벽마다 무거운 몸 이끌고 뚜벅뚜벅 산길을 걸어가고

뻐꾸기, 비둘기. 까치 소리 벗하고 청량한 풀 향기 맡으며
우거진 푸른 숲 사이를 걸어가네

발걸음 소리에 놀란 청설모 재빠르게 나무 위로 도망가네

추억이 어린 낡고 해어진 등산화
쉽게 버리지 못하고

오늘도 어김없이 새벽 산길 동행하네

2019. 05. 31

겨울비

엄동설한에 한파가 잠시 휴식을 취하고
겨울비 추적추적 내리고

뒹구는 낙엽, 앙상한 가지들은
목욕하고 전갈도 없이 찾아온 손님 맞이하네

온몸 추스르지 못하고 종일 충성 맞게 울고 있네

이 겨울
무엇이 그리 서러운지

2020. 01. 25

노인

세월이 스치고 간 자리
알록달록 단풍잎
떨어져 누운 낙엽은 애처롭기만 하고

천신만고 끝에 달려온 자리
계급장은 늘어나고

옹이 박힌 손
주름진 얼굴
엉성한 머리카락
엉거주춤 걸음걸이

꿈은 아스라이 멀어져 가고
한낮 허상이 되어 허허하고

삶의 끝을 놓지 않으려
허우적거린다

2019. 02. 12

님을 떠나보내고

상큼한 봄 내음 속에
님의 향기가 화사한 벚꽃에 흩날리고

차창 밖으로 보이는 아련한 추억 속
즐거웠던 시절도 철없었던 시절도
모두 한바탕 지나간 소낙비에 씻겨버리고

홀로 남은 여인
님을 보내지 못하고 아픈 다리 이끌며
화사한 꽃향기도 무감각 되어 멍청히
차창 밖만 바라본다

2019. 04. 15

달님

허전한 마음 달래길 없어
유유히 거닐다 바라보며 하소연하고

멍하니
우러러보니 다정한 얼굴로
말없이 어루만져주네

세월이 흘러도
그 자리에 서서

언제나 외롭고 즐겁고 슬플 때
쓸쓸히 걸으며 바라보게 하는
유일한 나의 동반자

당신이 그립습니다

5년 전
당신을 떠나보낸 후
뚜벅뚜벅 외로이 걸어가는 인생길
왜 이리 힘을 잃고 적적한지

삶이 힘들고 지칠 때
속마음 털어놓고 얘기할 수 있는
당신이 그립습니다

뼛속 깊이 그리울 때
창가에 기대어 희미한 달빛 바라보며
연정의 눈빛으로 밤하늘의 별들을 헤아려봅니다

흔들리는 영혼에 흘러 흘러 꿈속에서 헤맬 때
채워지지 않는 빈 가슴
이슬이 맺혀 눈앞이 흐려집니다

2020. 04. 20

봄 햇볕

오랜만에 손님 맞으러 집을 나선다
맘껏 활보하며 새소리 벗하고
향긋한 풀 내음 콧속으로 스며들고

내리쬐는 따스한 햇볕을 마중하며
두 팔 벌리며 긴 호흡을 내쉰다.

움츠렸던 계절은 인사도 없이 달아나고
성큼 다가선 손님.

지친 몸
상처도 어루만지고 새살 돋게 보살펴
온 누리 울긋불긋
초록 물로 희망이 넘치는 봄 햇볕

2019. 03. 28

시들은 꽃

쉼 없이 바뀌는 계절 속
옛 그림자만 그득

꽃향기 피웠던 날도 엊그제
벌 나비들도 귀찮게 와글와글 속삭이던 그때도
기억의 저편

욕심 욕망 어디 가고
초점 잃은 눈망울

비운의 그 날을 곱씹으니
가슴엔 비가 내리네

친구 떠난 빈자리
적막함만 맴돌고

대롱대롱 가지 끝에 매달리고
허기진 배 채워 줄
태양의 여신 기다리고 있는
시들은 꽃이여

아직도 못 잊는 그 사람

가도 가도 끝이 없는 항구 저편
보일 듯 말 듯 희미한 그림자만

풀숲에서 울던 귀뚜라미도 그 사람 못 잊고
목청껏 소리 내어 우는 이 가을밤

그리움에 지쳐 꿈속에서 허공을 헤매고
잡힐 듯 말 듯 한 그대 옷자락은 점점 멀어져 가고

빗속에 떨고 있는 새 한 마리
거친 숨 몰아쉬며 님을 불러보네

2019. 08. 28

어머니 3

온종일 사과밭에서 힘들게 일하셨던 어머니
대학교에 다니셨던 어머니가
독립운동하시느라 가족 생계는 뒷전인 아버지 만나 갈퀴손
되셨다

작은 사랑보다 큰사랑이 많으셨고
칠 남매 속 썩여도 전혀 끄떡없었던 어머니
지금도 하늘나라에서 우리 지켜주고 계시나요

철없었던 지난날들
그동안 어머니 은혜 까맣게 잊어버리고
이순이 되고 보니 더욱더 죄송스럽고 그립고 보고 싶습니다
어머니

2020. 05. 29

어처구니없는 날

늦은 아침
울음을 토해내는 13세의 소녀
아직 솜털이 보송보송한 앳된 얼굴

갑자기 복통에 산부인과 방문
초음파를 거쳐 황당한 의사 선생님 말씀

난소에 11cm 혹과 복수가 차서 악성종양일 수도 있다고
생각지도 못한 일이 닥치고
파리한 얼굴 초조함 가득한 소녀

수많은 인파 속에 가슴 저미는 어처구니없는 일을 겪고
온통 울음바다로 변한 가족

수술 결과 14cm의 혹과 3.2L의 복수를 빼고
양성 판결을 받고

지옥에서 천당으로 온 기분
그날을 잊을 수가 없네

나연아 건강하게 자라라

2019. 08. 26

연성이

아른아른 떠오르는 새까만 눈동자
내 곁을 떠난 지 반년도 되지 않았는데
허전하고 텅 빈 마음이네

계절은 바뀌어 파릇파릇 새싹이 돋아나고
드높아진 하늘은 맑기도 하고

봄 햇살이 내리쬐는 숲속 벤치에 앉아
지지배배 우는 벌레 소리 이름도 모르는
새소리 장단 맞추어 노래 부르는데
뻥 뚫린 내 가슴은 아직도 얼음장이네

간밤에 동영상으로 본 연성이
철없이 엄마 아빠 품에 안겨 행복한 미소 가득한데

혼자만 짝사랑에 젖은 할머니
미련하게 울음 삼킨다

2019. 04. 10

인생의 끝자락

많은 사연 안고 견디며 살아온 세월을 되새김하고
끝없이 펼쳐져 있는 푸른 하늘을 우러러 본다

온통 세상이 뜻대로 될 거란 자만심도
허무한 인생의 끝자락에선
허탈한 만 가득

축 늘어진 나뭇잎
생기를 불어넣어 주는 단비는 오지 않고
각종 병마가 비집고 들어와
와글와글 소리를 드높이고
야금야금 생을 괴롭히네

침묵과 인내를 하며 지우고 비우고
관용의 세계로 돌아가는 길

입춘

꽁꽁 얼어붙은 마음속
꽃향기 뿌리며 손짓하는 입춘

뒤뜰 가지에 봉긋 매달린 아가 젖가슴

달려 나가
두 손 벌리고 그대 맞아

삭막한 이 마음에 꽃씨를 뿌리고
향긋한 봄 향기 가득 채우고

희망가를 부르며
온 누리
사랑의 새싹을 심으리라

2020. 02. 05

제라늄꽃 2

먹구름이 몰려와도
비바람이 몰아쳐도
엄동설한에도 아랑곳없이
환한 얼굴로 다가서고

울적할 때
괴로울 때
고독이 엄습할 때
나의 마음 밝게 해주고

코로나19로 외출이 자제되고
마음이 어지러울 때도
하늘거리며 빨간 자태로 다가서면
마음이 차분해지고 눈앞이 맑아지네

2020. 06. 13

초라한 낙엽들

화려하고 싱그러운 날 떠나보내고
삭막하고 앙상한 가지 위

외롭고 쓸쓸한 계절을 맞이하는
아침 여명은 밝아오네

그대가 가는 길에 폭신한 이불이 되어
지치고 상처 입고 구멍 난 세월 덮어주고
쓰다듬어 주는 한 줌의 거름이 되리라

2019. 12. 01

코로나19 바이러스

온종일 새장에 갇혀 날게만 푸드덕거리고
훨훨 자유로이 다닐 때가 그리워진다

흘러나오는 뉴스에 귀를 쫑긋
마스크를 하고 눈만 빼꼼히 내밀고
코로나19 옮겨질까 봐 초조함만 가득

토닥토닥 자장가를 불러주면
잠잘 때도 되었는데

아직도 펄펄 날뛰며 온 세상을 공포에 밀어 넣네

봄바람은 불어와 봄 향기 그득하고
메마른 가지들도 기지개를 켜고 있네

그대도 어서
꽃바람 타고 먼 먼 추억의 뒤안길로 사라지길 바라네

2020. 03. 09

홀로서기

굽이쳐 흐르는 세월 속
여린 가슴 부여잡고
단란하고 향기가 넘치는 울타리를 벗어나
척박한 땅에 겨우 목숨 줄 거머쥐고
팽개쳐진 한 송이 민들레

애타도록 그리워 불러볼 떠난 엄마는 돌아오지 않고
밤마다 몰래 숨죽이며 울던 그

푸르른 새싹으로 돋아
새벽잠 설치며 정갈하고 멋진 아침상을 차린 민들레

지나온 상처 꿈속으로 사라지고
환한 빛살이 나를 에워싼다

2020. 07. 29

단풍

무거워진 짐 내려놓고
마음 비우니

울긋불긋 찬란한 빛으로 곱게 물들고
뭇사람들의 가슴을 떨리게 하고
그리움을 낳게 하네

먼 길 떠날 준비에 바쁜 나날

새 생명을 잉태하려고
분주하게 서두르고
마지막 열정을 태운다

자식

당신은 나의 힘입니다
봄날 나뭇가지에 생명의 물기가 솟아오르듯
매일 시간마다 나의 삶을 소생시키는 물줄기입니다

때론 쉽게 지치고 상처 입고 힘들지만
당신이 있으므로 오늘도 최선을 다해
살아갈 힘과 생기를 얻습니다

당신 때문에 사랑을 알았고 감사함을 배웠습니다
세상이 모두 무너져도 난 당신이 있으므로 행복합니다

이 세상에서 사랑하는 이가 존재한다는 것은
내 삶의 가장 커다란 힘입니다

2021. 08 .09

자화상

거울 속의 나를 들여다본다
찡그려도 보고 웃어도 보고 입을 크게 벌려도 보고

주름살이 여기저기
내 얼굴이 보기 싫어 거울을 뒤집어 버렸다

세월은 비켜 갈 수 없고
그 흔적이 고스란히 잦아들어 나이테를 이루고

아직 마음은 청춘인데
청명한 가을빛에 비치는 거울 속의 얼굴

아스라이 지나간 순간들을 곱씹으며
늙어가는 것이 아니고
완만하게 완숙되어 가고 있네

2020. 10. 12

풀꽃 한 송이

산비탈 위
얼굴 붉히며 다소곳이 서 있는 풀꽃 한 송이

하늘을 이고
추억이 서린 산 구름에 수놓으니
연분홍 입술이 애달프다

그리움을 태우며
호젓이 서서 치맛자락 휘날리고

세월의 침묵 속
생의 뜨락을 넘나들고

부서진 파편들은
꿈인 듯 현실인 듯 사라지고
평온함이 깃든 고귀한 풀꽃 한 송이

엄동설한

눈만 조금 내놓고
머플러로 칭칭 목을 감싸고 산에 오른다.
나무를 갉아 먹는 청솔모도 보이지 않고
약수터에 물도 꽁꽁 얼어 등산객이 없는 아침

동장군을 견디지 못한 세상의 생명들 움츠리고

길거리에 풀빵장사도 보이지 않는 엄동설한

마음까지 얼어 희망의 씨앗까지 멀어져 뒤뚱거릴 때
스님 한 분 배낭을 메고 활기차게
산에 오른다.

엄동설한에 다가온 꽃
아파트 난간에 매달린 고드름

4부 내 안의 항아리

내 안의 항아리

가슴 속 깊이 묻어둔
터질 듯 볼록해진 항아리

미움도
서러움도
기쁨도
슬픔도
차곡차곡 채워 둔 비밀 창고

채우기만 하고 털어 내질 않아
배불뚝이 항아리 숨이 차다.

남편에게
자식에게
며느리에게
사위에게 나누어주고
때론 시 한 편 지어
비워주기도 하고

누구도 찾을 수도
볼 수도 없는
보물 항아리

2020. 10. 25

그날이 오면

보라색 꽃피우고
찬란한 꿈을 향하여
도전할 수 있는
그날이 오면

꽃바람 풀잎 속
햇살이 방긋 웃는
그날이 오면

하늘빛은 사뿐히 내려와
숲 그늘에 곱게 내려앉는
그날이 오면

아~아
그날이 오면

낙락장송 그늘에
유유자적하리라

2021. 06. 15

그런 사람

한 사람이 있습니다
힘들어도 말없이 묵묵히 걸어가는 사람

코로나19로 온 세상이 떠들썩해도 관여하지 않고
이 척박한 세상을 원망도 없이

오로지 남을 위해 재능기부를 말없이 하는
그런 한 사람이 있습니다

황금만능 시대에 맑고 참신하고 성실한 한 사람
웃음을 잃지 않고 남의 사정부터 수용하는 그런 사람

오염된 세상을 깨끗하게 정화 시킬 수 있는
피톤치드 역할을 하는 그런 한 사람이 있습니다

2021. 08. 21
팬플릇 연주와 영상 제작을 재능기부 하시는 이춘종 선생님이 그런 사람입니다

꽃

화분에 고귀하게 피어 있는 꽃들
화단에 무리 지어 피어 있는 꽃들
산 중턱에 외로이 피어 있는 꽃들
바라보면 어느새 순한 마음으로 변해 감탄사를 보낸다

아장아장 걸음마 하는 아기의 방긋 웃는 웃음꽃
엄마의 활짝 웃는 웃음꽃도
웃으며 반기는 친구들의 웃음꽃도
쪼글쪼글한 할머니의 웃음꽃도
꽃들은 아름답고 마음의 평화를 가져온다

그러나 나를 슬프게 하는 꽃은
나의 몸 여기저기 솟아오른 울긋불긋 붉은 반점 꽃이다

2021. 10. 24

나연아

착하고 성실하게 잘 자라서
벌써 중학생이 되었네

봄 여름 가을 겨울 중
넌 봄을 맞이하여 꿈과 희망을 향해 한 발짝 내밀고

친구들과 어울려 공부도 하고 놀기도 하고 음식도 잘하는 네가
친할머니는 대견스럽단다

세상은 누구든 쉽게 살아가는 것이 샘나는지
제각기 시련을 안고 평생을 지나고 있다

시련을 겪고 우뚝 섰을 때
잘 익은 사과를 먹을 수 있고
인생의 보람을 느낀다

우리 나연이도 그 한 사람이 되기를 바라면서
14세 생일을 축하한다

나연아 사랑해

2020. 09. 20
친할머니가

나연이

마음속에 자리 잡은 친손녀
3년 반 세월 동고동락한 손녀

외교관의 아빠 따라 프랑스로 떠난다 하니
텅 빈 가슴에 비가 내리네

한 장면 한 장면
희로애락 함께한 세월
주마등처럼 추억이 샘솟을 때
서늘한 가슴 가눌 길 없네

3년 후
배려 깊고 따스하고
풋사과같이 상큼한
멋진 여고생으로 돌아오길

2021. 02. 16

동학 개미

어둠이 찾아온 그 날
마음속에 파도가 일어
장밋빛 희망을 안고

여기도 영 끌
저기도 영 끌

영차영차 힘을 모아
주식시장에 뛰어들어
급행열차에 몸을 실어 달린다

반짝반짝 빛나던 전광판
어느새 파랗게 물들여지고

막차를 놓친 동학 개미
허망한 눈빛으로 허공만 바라보고
한숨 짓는다

2021. 01. 29
영 끌 : 영혼까지 끌어모아 투자 자금을 마련

등산길에서

살랑거리는 바람결에
툭 하며 떨어지는 밤송이

벌써 가을이 왔구나
추석도 며칠 안 남았네

풀잎을 헤치며 한 알 한 알 줍고
또 한 해가 저물어가고 있네

기우는 석양에 노을이 먼저 화답한다

2020. 09. 20

만추

단풍이 곱게 물든 계절
마음도 갈팡질팡

갈지자 걸음걸이
임 찾아 길을 나서네

2020. 11. 06

명상

돌담에 속삭이는 햇살
유난히 반짝거리고

풀잎에 맺힌 이슬방울
영롱하게 빛나고

아득히 멀어져 가버린 그림자
꽃잎이 바람 따라 노니다가
하얀 깃털 나부낀다

봄 1

산뜻한 머플러에
봄 내음 가득 담은 그리운 임

계절이 바뀌면
오신다고

이제나저제나
애간장만 태우네

심술궂은 고추바람
길을 막고 나서는지
소식 깜깜

때가 되면
꽃바람 타고
는실난실 다가올 임

2020. 08. 19

봄비 연가

자욱한 안개 속
조용히 내리고 있는 봄비

봉긋하게 고개 내민 꽃들은
목을 축이고
연분홍빛 꿈에 젖어 든다

가녀린 그리움이 서성이고
물오른 산길마다 얼굴 붉히고

아스라한 순간들을 뒤로하고
풍만하고 완숙한 여인의 꿈 꾸는
계절 속의 봄비

가지 끝에 꽃을 피우고
절절히 가슴에 이는 사연 담아
봄비 속으로 고운님께 띄워 보낸다

2021. 03. 29

빈 둥지

파릇파릇 새싹들
제각기 갈길 떠나고

앙상한 빈 둥지엔 고독이 밀려오고
공허만이 붉게 물들어가고
허무함이 맴도네

텅 빈 가슴 적셔줄 햇살 한 줌 그립다

2020. 08. 31

삼 식이 남편

요즈음 세끼 밥상 차리기가 힘들어 투덜거린다
코로나19로 맘 내키는 데로 외출도 못 하고

온종일 휴대전화 만지작거리고
소파에 앉아 졸고 있는 남편

하얀 머리카락
푸석한 얼굴
여기저기 병마는 찾아와 와글와글

희망찬 내일은 보이지 않고 한숨만

함께 한 곳을 바라보고 가고 있는 동행자
향기와 빛깔에 취해 허둥대던 옛 그림자

가슴 뛰던 사랑의 씨앗은 사라지고
애석함만 그득

2021. 04. 13

아쉬움

아카시아 향기는 어느새 멀어져가고
만발한 꽃들은 고개 숙이고

시들은 꽃잎들
지나온 시간 들을 곱씹으며
회상에 접어든다

미련만 남기고
아득히 가버린 세월
뜨락 위를 넘나든다

붙잡아 두지도 못하고
후회해도 돌이킬 수 없고
아쉬움만 가득

어머니의 눈물

입술을 깨물고
무섭게 매를 찾는 어머니

도망가다 넘어지는 자식을 보고
차마 때리지 못하고 눈물만 글썽

말을 잘 듣고 동생들과 싸우지 않겠다고
다짐하는 자식 앞에선
봄 눈 녹듯 속상함
누그러뜨리고

아빠가 사기당해서 속 썩이면
속울음 삼키시는 어머니

매를 맞는 것보다 더 가슴 아픈 것은
어머니의 두 뺨 타고 흐르는 뜨거운 눈물입니다

잃어버린 세월

잡힐 듯 잡히지 않는 시간 들
찬란한 꿈은 사라지고

보일 듯 보일 듯 보이지 않는 꿈
온 힘을 다해 달려갔지만
허망과 허세로 남고

저무는 노을을 바라보니
옛 그림자만 그득

초록색으로 물든 산

간밤에 추적추적 비가 내리더니
유난히 밝고 정갈하네

짙은 초록색 향기를 맡으며
솔바람이 불어오고 청솔 모가 넘나드는
잣나무 숲은 마치 고향 어머니의 품속이네

졸 졸졸 약수 물소리 지지배배 새소리
그윽한 솔 향기 풀 내음이 무릉도원이네

무아도취 되어 잠시나마 당신의 품속에 안겨
마음속에 스며드는 사랑을 그리워하고

가버린 흔적
초록향기 초록 바람에 실어
그리운 임께 띄워 보내리

2021. 07. 01

너에게

반짝이는 수많은 별 중에
별 하나를 가슴속에 간직하기란 쉽지 않네

유난히 반짝이고 튼실한 별
마음에 담지 못하고

초라하고 흐릿한 별
가슴을 아리게 한다

연민의 정
모성 본능일까

누군가의 도움이 필요하고
누군가의 사랑을 먹어야 함께 어우러져
더욱 빛을 발하는 별이 되리라 믿었고

동정도 이젠 그만
잊어야 하는 때

2021. 11. 14

한계령의 눈꽃 속에서

성탄절
폭설이 내린 한계령
사방이 온통 흰 것뿐인 동화의 나라

오오~
눈부신 폭설 속의 눈꽃

나뭇가지엔 하얀 너울 쓰고
누구도 걸어가지 않는 하얀 길

바라다보면 바라다볼수록 황홀하고
미소가 따스하고 곁에만 있어도 행복한 그대

흩날리는 눈꽃 사이로
그대 열정적으로 다가서면
천진난만한 소녀가 되어
폭설 속에 갇혀

난생처음
한계령 눈꽃 속의 축복에
몸 둘 바를 모르리

그리움은 파도를 타고

철썩거리는 파도를 바라보며
많은 사연 남기고 간 그 사람을 생각해본다

파란 바람이 불고
갈매기 떼들이 먹거리를 찾아 이리저리 헤매고
석양이 어우러진 환상적인 그 바다

파도가 철썩거릴 때마다
고운 추억이 가슴에 일렁이고
그대 웃으며 반기는 모습이 다가오면

내 마음
하얀 물결이 되어 파도를 타고
끝없이 끝없이 출렁인다

새해의 선물

2022년 임인년
눈부신 아침
새해 커다란 선물은 그대 입니다.

열정과 정성을 다하고 마음을 담아 준 선물
한 아름 하늘을 안은듯한 기쁨입니다

창작력이 뛰어나고 따스한 미소로 다가와
웃음 짓게 해주는 행복 배달꾼이기도 합니다

그대로 인해
생활에 활력소가 되어 더욱 힘과 생기를 얻습니다

마음의 풍파를 이겨내고
밝은 햇살이 가슴을 스칠 때
나는 연약한 새가 되어

그대 옷깃의 향기를 맡고 싶습니다

2022. 01. 05

어머님 사랑합니다 그리고 감사합니다

　바쁜 일상에도 불구하고 매일 시를 읽고 쓰는 어머님의 모습을 보면서 시를 향한 어머님의 열정에 자주 감탄하였습니다. 세상 사람들이 나이 때문에 못 한다는 말은 어머님에게는 적용되지 않는 생경한 말인 것 같습니다. 눈이 오나 비가 오나 매일 새벽 호암산을 등반하면서 건강을 관리하시는 모습은 제게 큰 귀감이 되었습니다. 자연을 벗하면서 시를 구상하시는 어머님을 보면서 저도 은퇴 이후에 어떤 삶을 살아야 하나 고민한 적이 많았습니다.

　저는 시를 잘 모르지만 시를 통해 자신을 성찰하고 세상과 대화하는 기회를 얻는다는 것은 시가 갖는 큰 힘인 것 같습니다. 코로나19로 가족들과 만남이 어려워졌지만, 시를 통한 세상과의 교감과 대화를 멈추지 않으신 어머님의 노력과 열정에 다시 한번 탄복합니다. 저는 지금 프랑스 파리에 있어서 어머님과 멀리 떨어져 있지만 어린 시절 어떤 순간에도 흐트러지지 않고 배움과 생활에 게으름이 없었던 어머님의 모습은 지금도 생생합니다. 어머님의 가르침은 말보다는 이러한 본보기를 통해 제게 큰 교훈이 되었습니다.

　어느덧 지금 연세가 되신 어머님을 보면서 제가 얼마나 많이 불효하였는지 자책과 후회가 듭니다. 시간은 야속하게 빠르지만, 어머님의 시는 영원히 우리 가족들에게 앨범 속 흑백사진처럼 길이 남으리라 생각됩니다. 어머님 항상 건강하시고 2024년 건강한 모습으로 한국에서 뵙겠습니다. 그리고 시를 향한 창작의 열정을 계속 발휘하시어 3집, 4집 시집의 출간도 기대합니다.

2021년 11월 12일
프랑스 파리에서 둘째 **아들이**

인생은 육십부터

"인생은 육십부터"라는 말이 우리 장모님을 위해 만들어진 말이 아닐까 하는 생각을 항상 하게 됩니다. 때로는 작가로 때로는 낭송가로 전국을 누비며 항상 새로운 일에 도전하시는 모습을 보면 저절로 존경스러운 마음이 듭니다.

좀 더 젊은 시절에 창작활동을 시작하셨다면 어떠셨을까 하는 아쉬움도 들지만, 인생 황혼기에 새로운 전성기를 누리시는 모습을 보면 뭔가를 새롭게 시작하는 데는 늦은 건 없다고 생각하게 됩니다.

장모님의 두 번째 시집 출간을 진심으로 축하드리며 앞으로도 시집 속 주인공 손자, 손녀와 함께 오래오래 건강하시기를 기원합니다.

사위 **이동직** 올림

늦가을 파리에서 둘째 며느리 올림

한 송이의 국화꽃을 피우기 위해
봄부터 소쩍새는
그렇게 울었나 보다.

한 송이의 국화꽃을 피우기 위해
천둥은 먹구름 속에서
또 그렇게 울었나 보다.

그립고 아쉬움에 가슴 조이던
머언 먼 젊음의 뒤안길에서
인제는 돌아와 거울 앞에 선
내 누님같이 생긴 꽃이여.

노오란 네 꽃잎이 피려고
간밤엔 무서리가 저리 내리고
내게는 잠도 오지 않았나 보다

    - 서정주, 국화 옆에서 〈경향신문〉(1947)

미당 서정주의 친일 행각에도 불구하고 〈국화 옆에서〉를
첫머리에 인용하는 것은 그의 깊고 아름다운 시 세계를 부정할
수 없을 뿐만 아니라, 이 시를 떠올릴 때마다 어머님의 모습이
그려지기 때문입니다.

"그립고 아쉬움에 가슴 조이던 머언 먼 젊음의 뒤안길"을
지나 인생 흔적이 가득한 마음의 항아리를 하나씩 열어가며 시
를 써 내려가는 어머님의 마음이 조금씩 이해가 가기 때문일
것입니다. 그리고 "인제는 돌아와 거울 앞에서 선 내 누님같이

생긴 꽃" 과 같이 깊고 우아한 아름다움이 어머님의 모습과 닮아있기 때문입니다.

사실, 시를 쓴다는 것은 시심詩心이 있는 사람이라면 누구라도 할 수 있는 일이겠지만, 일상의 모든 순간을 시를 사랑하는 마음으로 꾸준히 써 내려가기란 쉽지 않은 일일 것입니다. 어머님은 그렇게 묵묵히 시를 읽고, 쓰고, 낭송하며 당신의 생활과 삶을 예술의 일부로 승화시켜 나갔다고 생각합니다.

생각해 보면 시의 단어와 구절들을 선택하고 다듬고 정리해 나가듯, 어머님은 일상생활과 주변도 항상 가꾸고, 다듬고 정리하며 조율해나가시는 분인 것 같습니다. 자식과 손자의 생일, 자식들의 결혼기념일 등 대소사를 한 번도 잊지 않고 기억하시며 손편지와 문자메시지를 보내주시는 세심함과 배려에 매번 탄복했습니다. 또 컴퓨터를 능수능란하게 활용하시는 모습에서 늘 배우시는 자세와 부지런한 성정을 엿볼 수 있었습니다.

어머님께서 이 만추晩秋의 계절에 또 하나의 자전적 시집 〈춤추는 나비〉를 출간하신다는 소식에 절로 고개가 숙어집니다. 어떠한 열정을 가슴에 담고 있으시기에 이러한 삶의 여정이 가능한 것인지 저희는 감히 짐작하기도 어렵습니다. 모쪼록 이 시집이 많은 사람들의 가슴에 온기와 치유의 메시지를 주길 바라봅니다.

20세기에서 온 21세기의 멋진 여성으로서 어머님 김일우 여사를 존경합니다. 감사합니다.

― 늦가을 파리에서 **둘째 며느리** 올림

먼저 어머님의 제2시집 출간을 축하합니다

순주 돌보랴 살림하랴 경제활동 하랴 하루 24시간이 모자를 정도로 바쁜 일상에도 불구하고 지난 6년 동안 무려 80여 편의 시를 쓰셨다니, 어머님의 시를 향한 열정을 다시 한번 느끼게 됩니다.

어머님은 저에게 든든한 버팀목이고, 등대 같은 분이십니다. 어린 시절 아버님이 직장을 그만두시게 되었을 때, 빌려준 돈을 받지 못해 집이 어려워졌을 때 우리 가족이 쓰러지지 않게 해주셨고, 고시 공부를 하면서 앞이 캄캄했을 때 제가 끝까지 도전할 수 있도록 희망을 주시기도 하셨습니다. 70세가 훌쩍 넘은 지금은 자식들 도움 없이 집안 경제를 이끌어가며 자식들이 사회생활을 잘할 수 있도록 기꺼이 손주들까지 돌봐주시는 분이십니다.

오랜 세월 동안 집안 경제를 책임지면서 남편, 자식뿐만 아니라 손주까지 돌보는 것이 참으로 고된 일이었을 것인데 지금까지 건강하게 다양한 활동을 하시는 것은 아마도 시를 통해 마음을 다스리고 삶의 에너지를 충전하셨던 게 아닌가 싶습니다.

어머님의 시를 보면 흔히 지나치는 일상의 희로애락을 공감되게 담아내어 감탄하게 됩니다. 그리고 나만 힘든 게 아니구나! 위로를 받으면서 다시 정진할 용기를 얻기도 합니다.

1시집에 이어 이번 2시집에서도 손주를 대상으로 하는 시가 여러 편 있는데 손주를 향한 할머니의 정성과 사랑이 절절히 느껴집니다. 아이들이 좀 더 커서 이 시를 읽으면 할머니의 사랑과 할머니가 남긴 특별한 선물에 감동을 할 그거로 생각합니다.

어머님께서는 자식에게 '당신은 나의 힘입니다' 라고 하셨지만 저는 어머님이 나의 힘입니다. 남편도 생기고 자식도 생겼

지만 언제나 영원히 나의 편이 되어주는 건 어머님인 것 같습니다. 어머님이 계시기에 든든합니다. 이번 제2시집 출간 이후에도 계속 건강하게 오래오래 창작활동을 하실 수 있기를 바랍니다.

어머님, 사랑합니다.

2021년 11월 26일 **막내딸이**

김일우 제2시집

춤추는 나비

인쇄 2022년 01월 20일
발행 2022년 01월 25일

지은이 김일우
발행인 김기진
편집인 김기진
펴낸곳 문예출판
등록번호 제 2014-000020호

14202 경기도 광명시 오리로1004길 8,
　　　　　　　　　　　젤라빌리지 B02호
　　　Mobile: : 010-4870-9870
　　　전자우편 : 1947kjk@naver.com
ISBN 979-11-88725-31-1
값 10,000원